U0069152

施 以 諾・著

前面的話

獻給每一位像我一樣，

自認文學底子不好，

但願嘗試為主寫作的好朋友。

與您分享我寫作過程中的驚喜與感動。

～施以諾～

殊途同歸

為施以諾寫作的書寫序有一種特殊的愉快,因為我雖然寫了許多本書,卻沒有一本是暢銷書,而以諾的作品卻本本是暢銷書,藉著為他寫序,也有人讀我的文章了。

我不是個要人,不曾在未讀過文章後就替人寫序。在讀了本書後,再再使我「驚」他在寫作中的「豔」福。以諾的「作者簡介」真讓我「驚豔」不已,他怎麼能在大學三年級的時候就開始寫書 ──《心靈小點心》,進而一炮而紅!後來還繼續「右手寫病歷,左手寫散文」,居然還能寫出那麼多感人,而又造就人的好文章。我固然為他所得的那些獎興奮,更為那些讀者因讀了他的書而得到鼓舞、安慰,甚至信仰及人生的方向感謝主。衷心希望從本書的散文中使許多人獲得靈感,也「提起筆來將自己心中的感動給寫下

來」，能有更多的讀者因為讀了《寫作驚豔》後，也能成為作者。

我的寫作經驗是辛苦的。當《基督教論壇》剛發行時，沒有人寫文章，於是我開始勉強湊數。我老師的好友謝扶雅前輩曾寫過一封責備的信函，他說他最瞧不起的就是傳道人自認為甚麼都會，認為我的文章怎麼能發表呢？我當時寫了一封回信給他，告訴他「蜀中無大將，廖化作先鋒」。過了一年，我的文章略有進步，特別有一篇「神造衛星」，讓他老人家非常欣賞，還寫了一封信來勉勵我，要我不要妄自菲薄，廖化是一個不錯的將才。從此我們成了忘年交。

從那時開始，我的生活雖然忙碌，五十多年來，也平均每年出一本書。雖沒有像以諾那樣的光芒，但是就像我自己所喜歡收集的烏龜那樣，總是慢慢地爬，慢慢地爬。

假如諸位也像我一樣是隻笨鳥，那麼讓我告訴你，你也可以飛；

也就是說，你也可以寫文章，我不就寫了五十幾年了嗎？一位國外的名作家曾說：「文章不是寫成的，是再寫、再寫成的。（Write and re-write, and re-write.）」你就開始寫吧！假如你不是施以諾，至少也作個周聯華吧。

周聯華牧師

在文字事奉中蒙福

有些人靠寫作「賺錢」，有些人把寫作當作是一種「治療」，也有人把寫作當成一種「反省」。本書作者施以諾卻告訴我們，寫作是一種「驚豔」，更是一種「敬拜」。在讀完本書之後，我不僅完全認同作者的觀點，也很羨慕作者在文字事奉中所經歷到的豐盛。

作者藉著寫作來「榮神益人」，不僅能和上帝有親密的交通，還能造就別人。更不可思議的是，作者竟然還藉著寫作找到一個好伴侶。這些豐富的「驚豔」，讀者在讀完本書之後，一定會很想起而效尤。

近年來華人基督教文字界，翻譯書的比例遠比華文寫作的高出許

多，施以諾算是華人基督教文字界相當難得的多產作家。他的書不僅曾獲得多個獎項與肯定，其中幾本創作也成了暢銷書，算是一位叫好又叫座的作家。

身為中華基督教文字協會理事長，我大力向讀者推薦這本《寫作驚豔》，也希望有更多的讀者讀完本書之後，能夠投入文字事奉的行列，享受寫作的豐盛經驗。

中華基督教文字協會理事長

黃聖志

羅乃萱序

叫人得著最大的福氣

很多人把寫作視為一種藝術，需要有專門學識，細心雕琢，但寫出來的文章，咬文嚼字有餘，卻是感覺欠奉，徒成了一種文字的堆砌。

也有很多人以為，我手寫我心，「只要真誠坦率，把心中的愛恨怨癡，毫無保留地呈現，就能感人肺腑」。這句話只說對了一半，因為心中若充斥著苦毒惱恨，文字流露出來的苦澀，也很容易荼毒人心。

也有人以為，寫文章是跟個人經歷有關。如果人生歷練豐富，寫出來的文章自然題材廣泛，兼具深度。問題只是，困苦逼人面對真實的人生，但如何面對及是否從苦難中學會功課，又是另一回

事啊！

更有人覺得，多看別人的文章書籍，自然有許多生動的題材，寫起文章來也更駕輕就熟。但問題是，單因為閱讀而衍生出來的寫作，很容易是「為寫作而寫作」，缺乏那種寫作的激情與動力。

不錯，寫作要有心，但更重要的，是心的向度。讀到施以諾的新書最後一章「寫作是一種敬拜」，心底的第一個反應就是「阿們」（完全同意）。當人的心對準上帝，從愛心出發去寫的話，就會發覺愈寫愈有勁。本以為是一種「叫別人得福」的服事，到頭來始發覺，執筆的自己，竟是得著「最大的福氣」，因為燃亮人生命、賜人靈感的主，最先燃點觸動的，便是作者的心啊！

香港《經濟日報》專欄作家

羅乃萱

不談經驗，只談驚豔

 身分，我只是個業餘作者；論輩分，我自認尚算資淺。

是以在寫作上我沒有太多的「經驗」可以談，不過我卻有許多的「驚豔」忍不住想分享！

記得我出第一本書的時候，我還是高醫的學生。畢業後，我到臺北醫學大學的醫學研究所進修碩士，當時的我曾用「**右手寫病歷，左手寫散文**」來期勉未來的自己在工作之餘能不忘文字事奉。有趣的是：在當年所立下的志向中，前句「右手寫病歷」因著回大學專任教職，而減少了在臨床上服務的時間，是以近幾年我的「右手」似乎沒有寫到太多的病歷，反倒是「**左手寫散文**」依舊。

回顧學習寫作的過程中，有許多令人跌破眼鏡的事，有令我深深佩服的人，更有許多令我意想不到的際遇，也慢慢被調整出許多使我日後深得幫助的服事態度。

上述這些美好的人、事、際遇與轉變，一幕幕都讓我驚豔！

是以本書書名幾經推敲後，最後將之命名為《寫作驚豔》，因為主要不是談寫作的經驗，而是分享寫作過程中的「甜」與「美」，以及一些讓我獲益良多的寫作態度。

期盼這本《寫作驚豔》能讓更多人願意提起筆來將自己心中的感動給寫下來。

施以諾

目錄

contents

ㄅㄆㄇ文字

1.
part

作文傻瓜遇見上帝

我 從小向來是個乖乖牌，甚至乖到有點呆，向來沒做過什麼讓長輩們吃驚的事，最讓當年長輩、同儕們吃驚的事，大概就是這個小子竟從上了大學之後開始寫作，這樣的性向轉變跌碎了一票人的眼鏡，讓許多人驚訝得下巴都快掉了下來。

現在，許多人可能會以為：「施以諾定是一個從小就愛寫作文的人。」「施以諾走上寫作之路應是相當自然的。」我很少有機會去「澄清」這樣一個「美麗的誤會」，本來其實也沒有特別澄清的必要，但想一想，如果自己的心路歷程能夠讓其他人得著幫助，也未嘗不是一件好事。

其實跟我從小一起長大的人都知道：施以諾走上寫作之路，在許多長輩、同儕的眼裡，不但不自然，反而是很「突兀」的，甚至是有點「搞笑」的，因為，在中學時代，我最排斥的就是寫作文。

要施以諾走上寫作的路？這就好像一班頑皮的學生，故意選跑步

作文傻瓜遇見上帝

最慢的人當體育股長，選每次指甲不剪的人當衛生股長，選每次最愛講話的人當風紀股長一樣（相信許多人小時候都有過這種頑皮經驗）。

信實的上帝也玩這套嗎？祂玩！例子在聖經中不勝枚舉，這一次，祂幽默到我的身上來了，祂決定讓作文成績幾乎是全班最差的施以諾，當一個「作家」，用文字來服事祂。

高中的時候，我的性向明顯偏向數、理，愛參加科學營、科展比賽，但不喜歡文科，且特別討厭寫作文。

記得有一回，本身是國文老師的吳姓班導，還特別把我給叫到辦公室裡，著急又關心對我分析道：「以諾啊！你知道嗎？你的作文寫得實在很糟糕，……不過還好，你的物理不錯！可以補你聯考時作文所失去的分數。」簡單的一句話，反應了我當時的光景、性

向與志趣。

其實，當時的我不但很討厭寫作文，甚至有點輕看它。當時的我覺得：在歷史上，人類的發展為什麼會進步？生活為什麼會改善？是因為工業大革命！而不是莎士比亞的一段話或李白的一首詩，所以，數、理才是有意義的科目，作文不行就算了，無所謂。

但在大一那年，我從台北到高雄唸書，我在想：我能拿什麼服事主呢？我開始跟上帝禱告，祈求上帝能用我年輕的生命，我甚至不確定我能夠做什麼，只是單純地向祂表達我想被祂使用的那股強烈動機。不知道怎麼回事，不久後我居然開始有一種感動，有一種想「動筆」的感動，那種感覺很奇妙！一直到現在，我都完全沒有辦法用口述或是筆墨來形容當時的那股想動筆的感動。然而我並沒有馬上行動，甚至感到非常懷疑，畢竟，寫作是我最不

擅長的東西，也是我過去所認為不重要，且最不願從事的事。但久而久之，心中那股要動筆的感動愈來愈強！愈來愈清晰！宛如泉源般不斷湧上心頭，即便我不想理它，不想去想它，都沒有辦法。

一開始，我心態上還很不能調適，我不禁問上帝：「嘿，親愛的主，您有沒有搞錯啊！您確定您要找的人是我嗎？您真的「敢」讓我做這個喔！？」當時我強烈懷疑自己心中的那股感動是錯誤的，因為我很納悶：如果上帝要用我，為什麼不用選擇我的「強項」，而選擇用我的「弱科」呢？我不是塊寫作的料，我對寫作沒興趣，甚至是不喜歡，高中時，我只要寫作文寫超過三行，我就會開始覺得很痛苦，就會開始辦不下去了！這點我的老師、同學們都清楚，記得高中時期我還常常被友人給挖苦說是「作文傻瓜」呢！（當然，那些這樣挖苦我的人其實並沒有惡意）

後來，我想到聖經中的幾個例子：

摩西自認拙口笨舌，上帝卻選擇派他去做說服法老的工作；

上帝沒有揀選耶西家的高大兄長們，而是膏了撒母耳眼中最不起眼的大衛；

上帝沒有讓彌賽亞降臨在最大的城市耶路撒冷，而是誕生在窮鄉小鎮伯利恆。

似乎上帝做起事來常常如此「幽默」，常常如此看似不按牌理出牌。若是這樣，那麼祂若真的捨我所自認的「強項」，而重用我的「弱科」，似乎也就不足為奇了。

於是，我開始調整自己的心態，並開始嘗試更「有計劃性地」提筆寫些心情隨筆與短篇小文章。大學二年級那一年，我下定決心要一輩子把筆獻給上帝，因為我確信這是上帝要我走的服事路線。

作文優瓜遇見上帝

如果我們仔細查考一些人物的事略，可以發現：許多人被呼召去做一些自己過去所不喜歡，不可能做的事情時，都經歷過一番驚天動地的大事，或是發生了一些可歌可泣的遭遇、衝擊，以致會在志向上有如此大的轉變。不過，上帝扭轉我的過程中，卻沒有讓我經歷什麼驚天動地的大事或可歌可泣的遭遇，僅是那股源源不斷的感動，就把我給「莫名其妙」地轉了過來，連我自己回想起來都覺得不可思議。過去曾有名家說「每個人的屬靈經驗都不同，甚至有很大的差異」，我這才真正體會到這句話，也見識到了上帝待人的「多樣化」。

大學三年級的那年，我利用課餘時間出了第一本書《心靈小點心》，交由橄欖出版社出版（現在再回頭看自己大學所寫的書，總覺得很稚嫩，但在出這本書的過程中有許多意外與感動）。大學畢業後，在工作、進修之餘，我這個曾自認不是塊寫文章的料的人，幾乎是以每年一本的頻率在出書，並連得了幾個國內、外的文

藝獎項與肯定；反而是我高中時代最強的數、理，卻一直被上帝給晾在一旁，用也不用。現在回想起來，自己走上寫作之路的心路歷程，依舊是那樣地「莫名其妙」與「不可思議」。

叫一個高中時代的「作文傻瓜」長大後去當一個「作家」？上帝在我的生命中開了個大玩笑，也對喜歡看我書的讀者們開了個小玩笑。之所以分享自己這段從「作文傻瓜」到「作家」的見證，總歸有兩點：

一、上帝不一定非要用人的「強項」：祂是很幽默的，祂可能偏偏要您用您最弱、最不起眼的部分來服事，就像祂偏偏要讓自認口舌笨拙的摩西肩負說服法老的主責，偏偏要把彌賽亞降生在眾人眼中那不起眼的伯利恆小城一樣。

二、如果您已經確定上帝要您走一條與您過去的興趣、志向不合

的路，與其掙扎，不妨試著順服，並盡快調整自己的心態。
相對而言：你調整自己調整得愈「早」，上帝就可以用你用得
愈「早」；你調整自己調整得愈「多」，上帝就可以用你用得愈
「多」。

我曾經是一個那麼討厭寫作文的青少年，我萬萬
想不到自己讀大學之後會成為一個搖筆桿的人，
甚至久而久之竟樂在其中，不單我想不到，許
多伴我長大的同儕也覺得不可思議。所以我
說：我們的上帝很幽默，您說是嗎？

**上帝如果要用一個人，不一定會用其「強項」，有時祂也可能會
用一個人過去的「弱科」。**事實上，在我成長的過程中，有許多我
曾忿忿地說過「不喜歡」、「絕對不再去碰」的事情，到後來上帝
卻都讓我去做了，而且現在竟都成為我生命中幾個最蒙主賜福的

管道,「寫作」算是其中一項。

是以我說,要我談生命中的「寫作經驗」,倒不如說是「寫作驚豔」來得貼切!一個作文傻瓜走上寫作之路,除了讓人「驚」之外,我本身亦經歷了許多「美」、「豔」、「甜」的體會與領受。接下來將慢慢與您分享。

2.
part

發現寫作的美與豔

如果讓國、高中時代的我知道現在的自己竟寫了一篇文章談「寫作的美與豔」，我大概怎麼樣也不會相信，因為當時的我大概怎麼樣也不會用「美」與「豔」來形容寫作這回事。

我在國中的時候念的是一所私立學校，老師規定每兩天要交一篇日記，那對當時的我來講可真是痛苦！看著綠色線條所畫成的格子，我就是一個字也爬不出來，起先還可以勉強爬出幾篇「極短篇」來，到後來就完全寫不出東西了，但又不能不交日記。哈哈！當時我實在沒辦法，到後來就只好把之前寫過的日記給再重抄一次，來個魚目混珠，賭老師不會真的認真看，不過當時粗心的我沒顧及到「有些事是不會每天發生的」，就好比有一篇〈停電記〉被我在日記本裡反覆重抄了好幾遍，很快地被班導師給識破，當著全班的面揶揄我：「施以諾呀！你家是沒繳電費嗎？怎麼最近老是在停電啊！？」弄得全班哄堂大笑。其實，我也不是不願意寫，但我就是找不到靈感，找不到題材，更別

發現寫作的美與豔

提什麼文思泉湧了。

到了高中，終於不用寫日記了，但，還是得寫週記，高中班導是一位嚴肅的男老師，有了把年紀，要求很嚴格。每週得交一篇週記，對我來講還是件痛苦的事，不過他改週記有個盲點，就是一張兩面的週記他只會批改第二面，第一面是完全跳過去不看的。

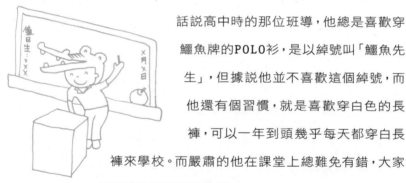

話說高中時的那位班導，他總是喜歡穿鱷魚牌的POLO衫，是以綽號叫「鱷魚先生」，但據說他並不喜歡這個綽號，而他還有個習慣，就是喜歡穿白色的長褲，可以一年到頭幾乎每天都穿白長褲來學校。而嚴肅的他在課堂上總難免有錯，大家卻又總是想笑又不敢笑。

當時的我也不知是吃了什麼熊心豹子膽，心想反正他這個人從

不看週記的第一面，便來個「苦中作樂」，在週記的第一面以〈穿白褲子的鱷魚先生〉為主題，寫起了連載短篇寫實故事來！題材呢？當然是他平時在課堂上所出過的槌。連寫了快一個學期，他也都沒有發現竟有人敢在太歲頭上動土，這邊，我的週記早已成了班上同學爭相目睹的「佳作」，看過的人無不捧腹大笑！是以一時之間「佳評如潮」，班上同學佩服我勇氣的，覺得我不怕死而把我當英雄的，比比皆是。

然而，好景不常，咱們鱷魚先生忽然有天開始翻了我第一面的週記，這才發現我亂寫週記，自己還化身成了男主角，氣得七孔冒煙。其實我並不討厭他，只是實在不喜歡寫文章，寫得很痛苦，所以只好來個苦中作樂，自娛娛人。

結果呢？我這個人從小沒抽過菸，也沒打過架，就連站上沙發跳也不會，是那種乖到有點憨的乖乖牌，是一個從小到大沒因壞事

而進過訓導處的人，沒想到這回因著這幾篇連載「大作」，導師氣急敗壞地把爸爸給急call到學校，對著他直嚷嚷著要記我過，還好，只是氣話，沒有成真。

當天晚上晚自習完，白天已跑過一趟學校的爸爸開著他的藍色HONDA老爺車來接我，已知東窗事發的我心想完了，一上車便向爸爸認錯，沒想到爸爸聽完我的悔詞後停了一下，之後竟然溫和而認真地對我說：「我今天才發現其實你滿能寫的，你寫得不錯，你不是不能寫啊！怎麼作文會寫不好呢？」

爸爸當時的話確實降低了我對寫作的排斥感與厭惡感，但卻依然沒有讓我愛上寫作。當時的我，簡直視寫作為一無用的活動，連正經、認真地看待它都不會，更別提會把寫作視為什麼「神聖」、「美好」的事了，就像前文所提到的，當時的我認為：在歷史上，人類的

發展為什麼會進步？生活為什麼會改善？是因為工業大革命！而不是莎士比亞的一段話或李白的一首詩，所以，數、理才是有意義的科目，作文不行就算了，無所謂。這也造成了我被一些同儕好朋友給暱稱為「作文傻瓜」，不過，我絲毫不在意，因為我覺得寫作根本不重要，自然也就不屑於下功夫。

但如此「寫作無用論」的價值觀，在我上了大學後經驗到相當大的顛覆。

我竟慢慢開始意識到：如果人類歷史上沒有「文字事奉」，那還真不知歷史會怎麼樣演變？還真不知會有多大的損失？

舉例而言，當年上帝頒布十誡，就是將經文「寫」在石板上，讓摩西帶下山去；大衛王在低潮時，曾「寫」了許多詩篇，成為後人

發現寫作的美與豔

心傷時的安慰與幫助；所羅門王所「寫」的處世箴言，即便到了二十一世紀都依然適用；使徒保羅在分身乏術之時，亦「寫」了許多書信去造就眾教會，助人甚多。

即便隔了幾千年，基督徒還在繼續「寫」。清末來華的英籍宣教士李提摩太，即「寫」了一些中文書來幫助當地的華人，甚至積極翻譯、辦報、出書，因著這樣的文學素養，李提摩太還與當時的文人康有為、張之洞等成了好朋友。是一位有影響力的宣教士，一位以文字事奉最為後人所津津樂道的宣教士。

想一想，其實寫作這件事對人類歷史的貢獻極大，且成就了許多美事。慢慢的，我不再覺得寫作是無用的了，開始發現它也可以是一件極有意義的事。漸漸地竟開始有一種想「動筆」的感動，起初，我對這樣莫名的感動是很「矛盾」的，「這不是我過去最不喜歡的事嗎？」我在心裡這樣問自己，但後來事實證明，寫作成為

我往後生命中極大的祝福，以及生活中極佳的調劑，在在讓我體會到「有了順服，必然帶進祝福」這句話的意境。

有人說，讓施以諾這樣一個過去討厭寫作文的中學生長大後成為一個作家，還真是上天開的一個大玩笑，或許這真是上帝幽默的那一面吧！而如果您願意繼續往下看完這本書，相信您也會體會到，為何現在的我會用「驚」、「豔」等形容詞來描述寫作這個在許多人眼裡看似平淡的活動。

3.

寫作是一種「自療」

是一個精神科的治療師，許多讀者曾經跟我說：

「讀你的文章，會讓我心情更好。」

「讀你的文章，會讓我學習從不同的角度看世界，很棒。」

因著讀者們常有上述的回饋，是以曾有人半開玩笑地虧我說：

「您就是職業病不改，連寫作都還在幫人們作『治療』。」

我的文章究竟有沒有「療效」？見人見智，但殊不知，有時寫作對
我而言卻也是一種「自療」，除了可能可以幫助別人心靈更健康
之外，亦有自我療癒、自我成長的作用。

可不是嗎？當我們用禱告的心來寫作時，寫作，絕對會是一種釋
放與享受。

寫作，是一種釋放 ── 談「以詩療傷」的神奇作用

《詩篇》中曾經有詩人如此寫道：

「我的心被傷，如草枯乾，甚至我忘記吃飯。……我如同曠野的鵜鶘；我好像荒場的鴞鳥。」

天啊！好灰色的文章啊！《聖經》對這篇詩詞的開頭註腳亦是「困苦人發昏的時候，在耶和華面前吐露苦情」。雖然文中後來又寫到對上帝的稱頌與信心，但文中相當大的篇幅似乎仍是在作一種負面情緒的傾吐。

用寫作在上帝面前傾吐負面情緒有用嗎？我相信答案是肯定的！暫且不論信仰的力量，在心理疾病的治療上有種「療效因子」叫「宣洩」（catharsis）！意即若是情緒表達、釋放得當，則對於心情而言將是一種很好的療癒，是以這在心理治療的學理上

是說得通的，即曾有學者表示法國大文豪雨果（Victor Hugo，1802~1885）的名作《巴黎聖母院》之創作背景，即是他在極度壓抑的狀態之下的痛苦發洩和自我拯救之作。而若是以禱告的心來抒發自己心中的愁苦、焦慮、傷痛，那種療癒的效果，我相信更不是一般心理治療所能及的！

用禱告的心來寫作、抒發，藉由這種方式來到上帝面前抒發自己心中的負面情緒，對寫作者的心靈而言是一種「釋放」，或者更可以說是一種內在醫治。基督徒作家，也是台大教授的張文亮老師，即曾形容：「**寫作，是為我舀出一瓢又一瓢的憂鬱。**」真是耐人尋味的比喻！寫作確能抒發情緒，淨化心情，甚至是醫治心靈，您相信嗎？至少在許多人的經驗裡確是如此。

寫作，是一種享受 —— 從天而降的喜悅

我太太很喜歡彈琴，她現在正在念鋼琴演奏博士班，我發現一件
很有意思的事：如果她今天被師長指定要求要彈某些曲子，她不
見得會彈得很快樂；但若是她自發地想要彈某些聖詩，甚至是彈
自己創作的變奏版聖詩時，那對她來講還真是一種「享
受」。彈完了，她的心情會變好，且在彈的過程中，她
的心也是喜樂的。

其實任何一種屬靈藝術活動都有相同的果效，寫作自然也不例
外。對我而言，寫作也是我生活中的一種「享受」，除了是服事之
外，近年來它也成為了我很重要的調劑。

我並不是一個天生會寫作，天生愛寫作的人，是以我的靈感往往
是禱告後從「上面」而來的，這些靈感很多元：有的時候感覺像是

做錯事被提醒了！有的時候則是一種對信仰生活化的再思。這種「由上面而來的靈感」，身為作者，我可說是「第一受惠者」，是最先受到激勵的人，是以每次我寫完一篇文章，自己都彷彿是聽了一場講道，或參加了一場培靈會、禱告會一樣，除了寫出的文章可能可以造就他人之外，亦是對自我的一種更新與享受。感覺相當地美。

是以我說寫作是一種「自療」，對作者本身而言，寫作可以是一種「釋放」與「享受」！**當我們用禱告的心來寫作時，這對動筆者而言可以說是一種「醫治」**，醫治作者的傷痛，提升作者的心情，激化作者的心靈，您說是嗎？

其實，在心理治療領域裡，就有所謂的「日記療法」（Journal writing as a complementary therapy），即是靠寫作來紓壓、治療自我，據說有

其一定的療效。倘若我們是以一顆「禱告的心」來寫作，那麼所能達到的「療效」一定是更廣，更美，更深切的。

我們不得不說：寫作的益處還真不少呢！您說是嗎？

寫作是一種「自療」

ㄅㄨㄈ文學

part
4.

讓讚美飛揚在筆尖

寫作，可以是對上帝的一種讚美，許多人對稱頌上帝、讚美上帝的刻板印象，就是一群人聚在一起舉手唱詩讚美。歌唱確實是一種稱頌上帝的方式，然而，稱頌上帝的方式可以有無限多種，如果「唱讚美詩」是一種稱頌上帝的方式，那麼「寫讚美文」當然亦可以是一種！且歷史上這樣的例子還不少。

舉例來說，《聖經》中即曾有詩人這樣寫道：「耶和華啊，你所造的何其多！都是你用智慧造成的；遍地滿了你的豐富。」（詩104:24）即是標準的以詩文來稱頌上帝的例子，而俄國大文豪托爾斯泰（Leo Tolstoy，1828~1910）所寫的《托爾斯泰福音書》等諸多著作中，字裡行間亦充滿了對上帝的稱頌與讚美。如果您仔細留意，便會發現用文字來稱頌上帝的例子還真是不少。

寫作，可以用來稱頌上帝！且絕對是稱頌上帝的一種很好的方式。

溫馨的「小熊效應」

說到「稱頌」，它跟「感謝」、「讚美」有部分的同義，是一份送給上帝很好的禮物，而且每個人都送得起！這也總會讓我想起一段往事。

我爸爸是位牧師，當我還是個六、七歲的小孩子時，我們家是住在教會舊建築物的牧師宿舍裡。那天，我手裡抱著一隻藍色的絨布玩具熊，喜孜孜地跑到爸爸面前，瞪大眼睛笑著說：「爸爸，爸爸，這隻小熊送給你！」爸爸驚訝又開心地問：「哦？為什麼呢？」我天真的說：「因為你都沒有小熊啊！所以我把一隻分給你，讓你每天晚上可以抱著睡覺。」

爸爸聽完，「哈哈哈！」開心地笑了幾聲，後來，只見他
這個當時已四十好幾的大男人，面帶滿足的微笑，抱著那隻
藍色的絨布玩具熊往臥房走去，輕輕地把它給放在枕頭邊。從此
以後，直到舊堂拆建為止，將近十年的歲月裡，爸爸每天晚上，都
這麼守著那隻藍色的絨布玩具熊入睡。

我不禁想：一個四十好幾的大男人，睡覺還需要玩具熊陪伴嗎？
當然不需要！（甚至講出來還會有些難為情呢！）但，他喜歡兒子
送他的玩具熊嗎？喜歡！而且喜歡極了！因為這代表著他寶貝兒
子的一份心。

　　同樣的道理，我們不妨想一想：一個全能的造物主，難道
還需要我們的「稱頌」、「感謝」、「讚美」嗎？當然不需要！但，祂
喜歡您為祂獻上稱頌嗎？喜歡！而且喜歡極了！這就像那隻看似
幼稚、沒用的玩具小熊對我父親的意義一樣，這代表著祂寶貝兒

女的一份心，所以祂絕對喜歡。這，就是天父。

記得我一開始在跟我女朋友（也是我現在的太太）談戀愛時，我們常彼此寫E-mail，因為我們都是基督徒，所以總是會聊到一些信仰上的問題，我們在電子郵件裡提到上帝時，總是會給祂一個暱稱，將祂寫成「上帝把拔」，意思是「上帝爸爸」的發音的同音字。

即便沒有我們的稱頌，我們的「上帝把拔」依然偉大，依然繼續存在，但祂喜歡我們的稱頌，因為祂愛我們，我們是祂所愛的孩子。我不會把「稱頌上帝」看成是一種「教條」，但我會把它看成是「一件溫馨的事」。

用文字稱頌上帝的兩種方式

文字，是稱頌上帝的方式之一，聖經中即有詩人說要「歌頌他名的榮耀！用讚美的言語將他的榮耀發明！」（詩66:2）用文字來稱頌上帝的例子不勝枚舉，在聖經中，詩人大衛即寫了無數的詩篇來稱頌上帝。

當然，稱頌的文章有很多種，有些稱頌上帝的文章很「**直接**」，直接用了許多屬靈專有名詞來講到上帝的偉大，許多牧長們所著的書籍或講章，都會用這樣的方式來讚揚上帝，考門夫人即曾在其文章中如此讚美：「人生是樂器，

恩典是歌譜，聖靈是演奏者；這樣奏起的音樂，叫人陶醉。」是一種相當直接且優美的稱頌；然而，也有些文章稱頌上帝的方式

47

讓讚美飛揚在筆尖

很「**間接**」，沒有直接用到太多讚美的字眼與屬靈用語，
但卻用某種方式來「烘托」出造物主的偉大與智慧，雖然
沒有直接用到太多讚美的字眼，但卻讓讀者不得不佩服這
位全能的造物主，例如：台大張文亮老師寫的《牽一隻蝸牛去散
步》，到最後才向讀者們巧妙地點出上帝的智慧，但卻讓讀者印
象深刻；甚至是C.S.路易斯的經典名著《納尼亞傳奇：獅子、女
巫、魔衣櫥》，知道其中「隱喻」的人，都會為小說中那頭象徵耶
穌的獅王的犧牲而感到動容，也對救恩的偉大能有更深的體會，
可說是成功地稱頌了耶穌犧牲的愛。這類的好文章實在太多了。

可不是嗎？文字，真是一種稱頌上帝很好的方式，而且往往極具
「張力」與果效！

在我個人的經驗裡，用文字來稱頌上帝，是相當喜樂、愉快的！那
種感覺就像一個小孩子去稱讚他的父親，他父親聽了之後安慰、

寫作發聲

開心地摸了摸他的頭，那種感覺是很溫馨、愉悅的。

是以「用文字來稱頌上帝」最重要的關鍵並不在於文筆好不好，
而在作者的心態，目的就是要單純地「稱頌上帝」，而不是只想彰
顯自己的名。如果作者寫作的心態真是用心靈和誠實來向上帝表
示稱頌，則寫完之後的那種「愉悅感」絕不是口舌可以形容的（事
實上，稱頌上帝本來就會讓一個基督徒感到喜悅，無論是用文字
或歌唱）。

有時有些讀者看過我寫的書或文章，會寫信來問我：「我的文筆
不好，但我也想寫些文章，怎麼辦？」「我從來不是個擅長寫作的
人，我也能寫嗎？」其實，在主裡一個「好」文章的定義絕不只是
從其文筆流暢度與其書籍銷售量來看，文章的好壞與
否，端看寫作者擺上的心。

舉一個例子，相信大家都能認同，當我們在教堂的主日崇拜裡唱詩敬拜時，唱得好不好，專不專業，其實不是最重要，關鍵乃在那顆稱頌上帝的心，即便您天生五音不全，上帝還是悅納您的擺上，您也還是一樣可以在稱頌上帝的過程中得著滿足與喜樂。寫作也是一樣！重點在於一個孩子對天父的「愛」，而不在文字華麗。

寫作，是稱頌上帝的眾多方式其中之一。任何人都可以用文字來稱頌主，不管是投稿在刊物上，或是寫在自己的部落格裡，或者用E-mail來與友人分享，甚至是將稱頌上帝的話給寫在自己的私人日記或禱告日誌中，都是不錯的選擇。

寫作，可以是對上帝的一種稱頌！可以是一件很美的事。

51

讓讚美飛揚在筆尖

part 5.

杏林子的
「幸好」哲學

寫作教室

從一開始從事文字服事時，我就很想拜訪杏林子劉俠這位可愛又可敬的前輩，直到她為我的書《幸福處方》以及《態度，決定了你的高度》寫序，我才有機會登門拜訪，一見廬山真面目。

那一年，是2003年初，已與她通過好多次電話的我，終於去到了她的家，見到了她的本尊。她的病況遠遠比我想像中還要來得糟，因著退化性關節炎的關係，她的手指早已不能拿筆，所「寫」的書，全都是用鍵盤吃力地敲出來的。我的醫學常識告訴我，這樣的病況在生理上應該很辛苦。

您知道她開頭對我說什麼嗎？她喜孜孜地說：「以諾，告訴你一個好消息。」我以為她要說什麼「好」事，結果她卻是說：「我常需要打針，這幾年打針打太多了，許多血管都已纖維化，不能再注射了。」緊接著她又開心地說：「可是幸好，醫生後來居然發現，有一種療效類似的藥可以打肌肉，不必打血管。哎呀！以諾念醫學

杏林子的「幸好」哲學

院的你説説，這對我這樣的病人是不是個好消息？哈哈。」

當時我愣住了！真的就這麼當場愣了一下，明明是遭受了百般折騰的「不幸事件」，但她卻解讀為「幸好」。我知道《聖經》上教導我們要「凡事謝恩」，也了解凡事都可謝恩的道理，亦常在自己所寫的文章中分享這樣的觀念，但一個活生生的病人，活出這樣感恩、喜樂的見證在我眼前，那種震撼令當時的我悸動不已。

我個人稱她那天對我所分享的論調為「幸好哲學」！如果我們面對生活中的窘境時，多從另一面來看，多想「幸好……」之類的面向，我們也能跟杏林子一樣愉快。

真是一位讓我「驚豔」的文字前輩，她是我所認識的前輩基督徒作者中，最讓我尊敬的兩個人之一。

後來，《態度，決定了你的高度》出版了！我興高采烈地先郵寄了一本給劉俠阿姨先睹為快，並在電話中約好幾天後要再去拜訪她，想更多聽聽她對《態度，決定了你的高度》這本書的看法。豈料，電話才掛完的當天晚上，就發生了她被其外籍看護凌虐的事件，沒多久就不治身亡。我跟她最後的那次見面約定，也就沒有機會履行。

但，這位曾經在我文字事奉上多次鼓勵我的前輩，她所活出的「幸好哲學」，早已深深震撼我，讓我懂得用更敏銳的心思來發掘值得感恩的事物，並將之分享給我的讀者們。

杏林子的「幸好」哲學

6.

part

寫「感恩見證」的生活素材

「寫」是一種很奇妙的心理歷程，當我們用文字來記錄某件事時，腦海會重新浮現當時的畫面，心裡會再次出現當下的感受與感動。是以當我們去「寫」我們的見證或上帝在我們身上的恩典時，都是一種重新數算上帝恩典的過程，會再次勾起心中當初那股對上帝的感謝與崇敬，而重新數算上帝的恩典亦會讓自己的信心更加堅固。

許多聖經中的「多產作家」們亦常用寫作的方式來數算上帝的恩典，舉例來講，大衛即曾經在詩詞中這樣寫道：

「他救我脫離我的勁敵和那些恨我的人。」（詩18:17）

「我曾用口求告他……他側耳聽了我禱告的聲音。他並沒有推卻我的禱告，也沒有叫他的慈愛離開我。」（詩66:17-20）

保羅在他書信的開頭，更不忘常提及他的身分是「奉我們救主神和我們的盼望基督耶穌之命，作基督耶穌使徒」（提前1:1），再再述說了他經歷重生得救的身分與恩典。

寫「感恩見證」的生活素材

諸如此類的例子不勝枚舉，這些聖經中的多產作家們，似乎總不吝於用文字來表達對上帝的感恩。

百事可樂：撰寫感恩見證的素材

您覺得想不出有哪些值得感恩的事可以寫嗎？其實若靜下心來想想，我們有太多太多的事是可以寫來感恩的。

☆我們可以為「大事」感恩：

許多人生命中發生了一些「大事」，若寫出來實在是相當激勵人心！台灣的國史館副館長朱重聖博士，即出版了許多小冊子，內容包括他個人在酒醉駕車闖禍之後重新來到上帝面前，所得到的種種生命更新與恩典，以及他癌症病中的見證等等。事後寫來，

讓自己重新回顧當時的狀況與走過來的恩典，即是一種重新數算上帝恩典的過程；橄欖出版社所出版的《深井中的盼望》一書，亦是記錄了當時轟動一時，媒體爭相報導的鑿井工人劉敬德遭活埋二十六小時而被救出的奇蹟事件！由劉敬德本人口述，毛瓊英女士執筆，亦相當激勵人心。

☆我們可以為「小事」感恩：

記得我在高雄唸書的時候，方向感不太好的我不小心走錯了路，居然一對騎摩托車、素未謀面的熱心母子主動讓兒子下車，由母親載我到目的地。哦！感謝主！那真是一對天使母子。雖然只是「小事」，但當我用文字把它給記錄下來，甚至多年後再度讀到這段過去時，都會讓我覺得溫馨不已，也讓我深深感到「上帝是一位細心到連小事都會看顧的好爸爸」。

☆我們可以為「沒事」而感恩：

舉例來說，筆者曾寫過一篇文章〈37度C的恩典〉（收錄於《信心，
是一把梯子》一書，主流出版），寫的是我個人在醫院裡執業的感
觸，講到「也許日子看似平淡，但我們有否常為自己的體溫是正
常的37℃，而向上帝獻上感謝呢？」即是以文字來記錄了這樣「為
沒事而感恩」的體悟，藉由「寫」的過程，不單可以幫助看到的讀
者，更再次提醒自己「沒事，也可以感恩」、「沒事，就是一種恩
典」。

算一算，我們可以為「大事」感恩，還可以為了「小事」、「沒事」而
感恩，如果真要寫感恩見證，每個人一生都有數以百計的素材可
寫，寫都寫不完呢！您說是嗎？

天底下沒有優秀的人，只有蒙恩的人

寫作，是在重新數算上帝的恩典！但恩典與見證寫多了，若不謹慎，則也可能有「副作用」，那就是「驕傲」。特別是若寫得好，則必然會有掌聲，這時會讓作者誤以為自己好像比較屬靈，層次比較高。

我二十一歲就出了第一本書，二十六歲就回大學教書，是以曾經有一段時間，我開始覺得我自己好像還不錯，覺得自己實在是個有為的青年。後來在一次靈修禱告中，忽然有一個聲音提醒我：「施以諾啊！你其實一點也不優秀，你的本質並不是什麼優秀的年輕人，你能夠有這樣的表現，並不是因為你優秀，是我給你的恩典，所以你其實並不是什麼『優秀』的人，你充其量只不過是一個『蒙恩』的人而已！」當下我非常地慚愧與震撼。

那一次的經歷對我而言非常重要！從此以後，當我因著寫作而獲得掌聲時，我都會提醒我自己「天底下沒有優秀的人，只有蒙恩的人」。在此謹將這句話與大家分享、共勉之。可不是嗎？也許我們有很多很好的見證可以激勵人心，但這些表現在上帝面前又算得了什麼呢？

寫作，應是在重新「數算上帝的恩典」！千萬不要變成當年年邁的大衛，變成是在「數點自己的軍民」；是將榮耀歸於神，而不是將榮耀歸給自己。也許讀者從文字上讀不出這兩者的差異，但上帝是讀我們的「心」，祂知道我們心裡的每一個念頭。一篇帶有驕傲的見證、文章，也許旁人讀不出，也許也還是能發揮出某些作用，但很難真正討神喜悅。

美國前總統吉米·卡特是一位眾所周知的基督徒，他即曾以文字的方式分享了許多上帝在他生命中的恩典與見證。在他所寫的書

《分享美好》（橄欖出版）的序言裡有這麼一句話：「當我愈是將
這些經驗與大家分享，這些經驗就愈深刻地繼續幫助我。」

這樣的論點與我個人的寫作經驗相當符合。當我們愈去與旁人
分享上帝在自己身上的恩典與見證時，我們自己就會愈深刻地從
這些過去的經驗中得著幫助。如果形容「用文字來見證上帝的恩
典」是一件「人神共樂」的事，我想一點也不為過。

您有值得感恩的事嗎？不妨寫出來與大家分享吧！

寫「感恩見證」的生活素材

7.
part

天啊！
我寫出一個 女朋友

寫作的「經驗」也許不多，但「驚艷」還真是不少。

許多人問過我：你那麼認真地為主寫作，上帝給你的最大賜福是什麼？版稅？名氣？快樂？

其實都不是，上帝給我從事文字事奉的最大禮物，是我可愛的太太。

當時，我太太很喜歡讀我的作品，我們原本不認識彼此，後來有一回，她在淡水馬偕醫院開音樂會，便寫信邀我去她的音樂會擔任中場講員，但我因為時間的關係沒有答應，可之後就開始常寫E-mail，並約見面，彼此互有好感，也常溝通一些信仰、家庭的觀念，發現彼此在某些觀念上相當契合、互補。並在雙方一位共同的朋友的催化下，我們開始嘗試交往，成為男女朋友。

本來我所設定的結婚年齡是三十三、四歲左右，我並沒有想在三十歲以前就結婚的念頭，因為我認為三十歲以前該是為事業打基礎的時候，不該也不會是想婚的時候。但交往過程中甜美的感覺遠遠超乎我的所求所想，讓我出乎自己意料之外地在三十歲以前就結了婚。

這段往事現在回想起來，還真是挺「驚豔」的。我曾經是一個那麼討厭寫作文的高中生，如果我沒有改變自己，沒有讓自己在上帝的帶領下開始文字服事，那麼我根本不會寫東西，她自然也就讀不到我的作品，很可能也就沒有機會知道世界上有我這個人，自然也就不會開始談戀愛，我很可能也就不會有這麼美好的婚姻生活。您說，聽上帝的話，做上帝要您我做的事，是不是會有很大的祝福呢？

我們的交往不只是對我個人「驚豔」，對她也挺「驚」的，因為在她心目中，那個在大學教書，又寫了好多書的施以諾，應該是一個年近四十的中年男子（也許很多人都這麼認為），直到後來有人告訴她，她才知道原來施以諾跟她年紀相仿，她心中訝異的程度不言可喻。

而旁觀者瞠目結舌者更大有人在，除了不少沒見過我也不知道我實際年齡的人相當驚訝她一個年輕女孩何苦「跟一個四十多歲的中年男子談戀愛」之外，對於我這麼一個從小生長在基督教牧師家庭的乖乖牌，甚至乖到看起來有點呆板的乖乖牌，所選擇的另一半最初竟是在網路上認識的「網友」，也跌破不少人眼鏡。

不過，最為之「驚豔」的應該還是我自己，因為她比我過去想像中的未來的太太要好太多，讓我覺得跟她在一起非常地滿足與喜樂，以致一向被人認定必會晚婚的我，竟在三十歲前就結了婚。

如果我沒有寫作，我就沒有機會認識我可愛的太太，是以我說：我不敢說自己有很多的「寫作經驗」，但確實有許多的「寫作驚豔」！

在我文字事奉的歷程中，我太太是上帝賜給我最好也最驚喜的禮物。

天啊！我寫出一個女朋友

8.

搭起醫學與散文的橋樑

「醫」學」給人冰冷的感覺，「散文」讓人覺得浪漫，兩者看似毫無

交集，但若用信仰來看這兩者，兩者間將可築起一座互通的橋

樑。

我很喜歡寫散文、小品文，而且我愈來愈覺得，寫作

可以跟醫療「分進合擊」，為人們的健康加分呢！

怎麼說呢？舉例來說：如果一篇文章可以把「凡勞苦

擔重擔的人可以到我這裡來，我就使你們得安息」（太11:28）的

概念帶給一個憂鬱症病人，帶他（她）走出牛角尖，讓他（她）變

得更豁達，說不定憂鬱症就可以不藥而癒。

如果一篇文章可以把「喜樂的心乃是良藥；憂傷的靈使骨枯乾」

（箴17:22）的概念帶給一個輪椅上的殘障病人，讓他能夠更感恩

地過日子，進而更積極地配合復健療程，那對他的病情亦必有正

面的影響。

如果一篇文章可以把「因為人的怒氣並不成就神的義」(雅1:20)的概念帶給一個易怒的人，讓他潛移默化地改變自己那動不動就臉紅脖子粗的脾氣，也許他中年以後就不會因而得高血壓了！已有高血壓的人也可以以此降低因動怒而引起高血壓發作的頻率，是很好的調理。

如果一篇文章可以把「因為主曾說：我總不撇下你，也不丟棄你」(來13:5)的信息帶給一個失戀的人，也許他（她）就不會覺得自己一文不值，就不會去跳樓、割腕了！事前這麼做遠比事後再幫他（她）急救更值得。

如果一篇文章可以把「當將你的事交託耶和華，並倚靠他」（詩37:5）的想法帶給一個容易緊張的人，他（她）在緊張時就可以為壓力開一個出口，交感神經與胃酸就不會不正常地不斷分泌了。

的確，一篇好文章，可以幫助、改變一個人！這樣的文章，我個人稱之為「治療性文學」！因為它有治療、安定人心的作用，甚至可能可以對讀者達到內在醫治的作用。

有那些書可以稱為「治療性文學」呢？我舉一些例子，像是《生之歌》、《為什麼我沒有自殺》（九歌出版社）；《破碎的夢》（校園出版社）；《清心細語》（台灣基督教文藝出版）；《信仰生活100訣》（救傳出版）；圖文並茂的《你很特別》、《敵人派》（道聲出版社）；以及《我是失誤的作品嗎》（宇宙光出版）……等，許多不勝枚舉的好書都可以促進心靈健康，導正、療癒人心，進而讓人的生理狀態也間接地獲得調理、舒緩。筆者近年來在讀書、

醫療相關工作之餘所寫的《幸福處方》、《因為單純，所以傑出》（橄欖出版）、《信心，是一把梯子》（主流出版）等，無非也是希望能效法前輩們的德風嘉行，嘗試、學習往「治療性文學」的路線走。

當然，創作是相對的，既有「治療性文學」，相對的就有「毒性文學」；有可以療癒人心憂鬱的文章，也就有讓人看了更灰色、消極的文章；有可以端正品性的文章，也有讓人看後色慾薰心的文章；有讓殘障人士看了重燃信心的文章，也就有讓病友們看了不禁厭世的文章……，當慎選我們所讀的，因為今天一個人讀什麼樣的書，可能影響他（她）明天會變成什麼樣的人。

下一次，當您去醫院探病，或是去關懷一些朋友時，除了可以考慮買一些鮮花、水果、禮品外，不妨也考慮準備一些「治療性文學」

寫作敢變

的好書，特別是針對一些非基督徒以及在病痛愁苦中的人們，讓我們用散文、小品、傳記、圖畫書……等作為媒介，讓神的話潛移默化地去治療他（她）們的憂鬱，治療他（她）們的軟弱，治療他（她）們的灰心，治療他（她）們心中的傷痛，治療他（她）們的緊張情緒……，說不定會讓他（她）們的生命增添許多出乎意料的奇蹟與感動呢！

9.
part

「寫」出影響力的
四個訣竅

為主寫作，無疑地是期望能造就旁人，從約兩千年前保羅所寫的書信，到過去的《天路歷程》、《荒漠甘泉》，再到近幾年的《雅比斯的禱告》、《標竿人生》、《活出美好》等等，作者的目的都是一樣的：藉由文字來造就、幫助他人。

如何能寫出造就人的文章？如何成為一個更有正面影響力的作者？有幾方面的認知幫助我自己很多，謹與大家分享之：

認知一：基督徒作家也要「後援會」？

我不是一個擅長寫作的人，如果我的書賣得算不錯，或我的文章讓人讀了感動，關鍵並不是因為我寫得好，關鍵是我常為自己的讀者們禱告，甚至我有一群「禱告後盾們」常常為讀到我的書的非基督徒們禱告，一起祈求主悅納這樣的文字事奉，求聖靈親自

「寫」出影響力的四個訣竅

動工在每篇文章的讀者心中，達到「造就人」或「鬆土」的作用。

寫作的技巧固然重要，但「為讀者禱告」才是造就人，讓文字事奉
更具有果效的最佳策略。

許多坊間的明星作家都有所謂的「後援會」，基督徒作家也需要
「後援會」嗎？這個問題也許沒有一定對錯的標準答案，但我敢
肯定的說，**如果一個基督徒作家需要「後援會」，那麼那個後援
會就是一個「禱告團隊」**，需要不斷地有人為他（她）禱告，如果
您有欣賞的基督徒作家，煩請您為他（她）以下兩點禱告：

一、為他（她）的讀者們禱告：求聖靈親自動工感動那些讀到他
　　（她）文章的人們，讓文章能發揮果效。

二、為他（她）本人禱告：求主保守作家的心懷意念，保守他
　　（她）有一顆清潔的心，因為這是寫出討神喜悅的作品的關
　　鍵。

您可以常為基督徒作家們禱告以上這兩件事。

當然，一個基督徒寫作者自己在「動筆前的禱告」也是很重要
的！絕對會讓您下筆如有「神」助。

認知二：持守住「單純」的力量

在香港的《傳書》雙月刊中有一篇余正遠先生所寫的文章，他寫到音樂家韓德爾（George Frederick Handel，1685～1759）創作《彌賽亞》的過程，其實關於韓德爾創作《彌賽亞》的軼事我早已不止在一處聽到過，而我也實在覺得這段往事很值得有心為主寫作的文字創作者們參考。

當時韓德爾已是著名的歌劇家，但在他生命中有近三十年的時間，所寫的歌劇都是為了取悅當時的貴族而寫，而這也是當時的風氣。然而，後來韓德爾的創作力卻一度到了江郎才盡的窘境，聲望與家境都開始走下坡。

之後輾轉有人給了他三部劇本，全是以《聖經》故事為藍本。本來，韓德爾還只是想靠寫這三部歌劇來賺點小錢，後來他愈讀

愈有感動，愈讀愈為當中的聖經章節所震撼！漸漸地，他的焦點從賺錢上而移到天父身上，當他拋棄世俗念頭，單純地只為榮耀主而寫時，他的靈感頓時泉湧而出，便寫成了神劇《彌賽亞》。特別是當他寫到「哈利路亞」大合唱的部分時，他淚流滿面，甚至感動地跪下，直說：「我看到天開了，我看到了救主耶穌。」這部份也成了神劇《彌賽亞》中最經典的地方！1742年在倫敦正式公演時，感動了無數人心，一直到今天，《彌賽亞》都是一部榮神益人，震撼心靈的音樂鉅作。

這種「**單純地只為榮耀主而寫**」的創作心志，所寫出的作品何其美好！所發揮出的力量何其大矣！

這也讓我反省：自己是否能做到「單純地只為榮耀主而寫」？會不會一不小心，是為了要贏得人們的掌聲？是為了要贏得更多的好處？

單純，是一種力量！若是能單純地為主而寫，單純地以一顆敬拜的心來寫作，那麼所寫出來的作品就會愈有意義，愈能造就人，且愈蒙神賜福。

認知三：每天「多」一點點

除了特殊情況之外，一個有心服事的人，通常不會得過且過，通常會希望自己能為主的原故而愈做愈好。文字事奉通常也是如此。

您知道日本的「昭和新山」嗎？它原本只是一片麥田，是在昭和十八年大地震之後，因著火山活動所隆起的一座地理奇景。起初，它並不是太高，但因著山岩內部的火山仍不斷地喘息著，以至它每天都會長一點點，每年都會高一些些……，經過沒幾年，就

「長」成今天的高度了!

如果我們做人做事也能像「昭和新山」那樣擁有向上成長的熱忱,每天「多」一點點,那麼假以時日,您所累積的成果必將不容小覷!

為主寫作自然也不例外,如果能每天「多」一點點,一年比一年進步一些些,以這樣的態度來要求自己,經年累月下來,寫作功力必會增進不少。

當然，「寫作」的定義很廣，有的人是想寫散文、短文，有的人是想學編寫技巧，更有的人是想寫些靈修隨筆，也有人是想學習如何將講章給寫得更有組織、系統。如果您是屬於哪一類，以下這幾本書可能會對您有幫助，在我個人的經驗裡，這幾本書都給了我很大的幫忙，分享與諸位參考之：

周聯華等（1997）。樂在編寫。台北：雅歌出版社。

施達雄（1994）。實用講道法。台北：中國主日學協會。

殷穎（2005）。編輯鉤沉 —— 談編、寫、譯的素養與實務。

　　　　　台北：道聲出版社。

滌然（2005）。與文共舞 —— 把你的筆獻給主。

　　　　　香港：時雨基金會。

譚亞菁譯（2003）。靈修札記。台北：中華國際聖經協會。

蘇文峰、蘇文安（1994）。你也可以動筆。台北：天恩出版社。

認知四：用「對象」聽得懂的言語

文章怎麼寫才能造就人，我們必須先問自己：我寫文章的「對象」是誰？這個問題相當重要！您寫作的對象全是基督徒，是要做更深一層的屬靈造就的；或是您寫作的對象是非基督徒，是希望做福音預工的，這兩者所需要的用字遣詞就很不一樣。如果您的對象是基督徒，自然可以盡情地使用各種屬靈詞彙，甚至講出重話來促人自省都是很好的方式；但若對象是非基督徒，用太多屬靈術語他們反而看不懂，甚至引起某些人的反感。箇中拿捏，也許可以在前述「動筆前的禱告」中找到靈感。

耶穌在世上時，用了很多比喻來傳講訊息，為的就是讓人「聽得懂」、「聽得進」。托爾斯泰所寫的著名經典短篇小說《有愛的地方就有神》，利用一則感人的小故事做為引子，最後竟引到馬太福音第十五章尾的「這些事你們既做在我這弟兄中一個最小的身

「寫」出影響力的四個訣竅

上，就是做在我身上了。」不但感動人心，且說出了

基督信仰的精髓，即便不是基督徒讀了也大受感動。

成功的關鍵都在於用了「對象」聽得懂、聽得進的言語。

- 基督徒作家需要「禱告後援會」
- 掌握住當年韓德爾「單純」的創作力量
- 每天「多」一點點
- 用「對象」聽得懂的言語

上述四點，是我認為文章能否造就人很重要的關鍵！我另外有

一些個人的看法：基督教文字事工，有心服事是最重要的，次之

若能輔以一些「市場行銷」、「策略管理」、「廣告宣傳策略」等概

念，對領人歸主可能極有幫助。我們當然不需要全盤接受這些管

理學、商學的論點，但適度地運用它們，卻是應該的。

很多人會覺得做基督教文字事工若去談市場行銷、策略管理，實

在太「世俗」，但我認為一個東西它世不世俗，關鍵乃在於是否能為主所用。若是這些「市場行銷」、「策略管理」、「廣告宣傳策略」等技巧是被善用在推廣福音文字事工上，這時它就一點也不世俗了，且能造就更多的社會大眾。

「寫」出影響力的四個訣竅

ㄅㄆㄇ文字

10. part

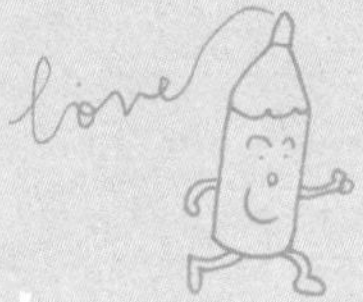

「千篇一律」vs. 文人相「敬」

想一想，「寫作」可以說是上帝賜給人類最與眾不同的禮物，可不是嗎？人類會音樂，但動物們也會，小鳥會唱歌，鯨魚會唱歌，且其發出的樂音都各有迷人之處，但寫作就不一樣了！地球上除了人類之外，沒有哪種動物還能寫作的。身為萬物之靈的人類，該如何運用這與眾不同的恩賜呢？

「千篇一律」是何律？

說到寫文章，有句形容詞叫「千篇一律」，這本來不應該是句讚美的話，特別是對作者而言，當你的文章被形容是「千篇一律」時，代表的是你的文章沒有變化，沒有新意。

先不討論這個成語給人的既定印象，我們可以先思想一個問題：為什麼所羅門在國政繁忙之餘仍要把智慧箴言寫下來留傳後

「千篇一律」vs.文人相「敬」

世？為什麼保羅當年在患難中都還可以寫信？為什麼許多當代的基督徒作者願意堅守文字事奉的崗位？為什麼有些人的文章就是可以造就人？

我想原因不是別的，原因是他們發自內心地關心他們的讀者，即便是教訓人的〈耶利米哀歌〉，其寫作的心情也是因顧念百姓而擔心；再者，便是他們發自內心地願意擺上自己為主所用。

從「刻石板」到「敲鍵盤」，基督徒一直都在「寫」，從某個角度來看，基督徒的作品其實是相當「千篇一律」的，不過我這裡是一種恭維、推崇，因為這千篇一律中的那個「律」就是「愛」！愛神，也愛人。缺少了這一律，就稱不上是為主寫作了！

從另一個角度來看，如果沒有了對神、對人的「愛」，我想可能許多作者當年根本堅持不

下去，甚至會失去了創作靈感，或是只剩下華麗的文辭，卻沒有生命力在裡面。而寫作的背後若沒有了愛，或仍有機會在世上暢銷大賣，但在上帝的眼裡其價值恐也已大打折扣。

歷代討神喜悅的作家們曾寫出了成千成萬的佳作，雖然每個人的文風不同，文體不同，但大家創作背後的一個共同心志，就是對神對人的「愛」，而這也是我個人認為「為主寫作」的核心態度。您說是嗎？

文人相「敬」：為主寫作者的標誌

在中文裡有個成語叫「文人相輕」，講的是文人們之間難免會有些傲氣與嫉妒，這似乎是人本性的弱點，然而，這樣的風氣一旦帶進文字事奉的工作中，則必然造成破口。試想，假若今天華理克覺得托爾斯泰的文章太過通俗（假設他們生在同一時代），屬靈深度不夠，這邊托爾斯泰也開始批評華理克寫的《標竿人生》術語太多，讓非基督徒看不下去……，兩人就這麼彼此開始互相暗諷，那將是多麼滑稽又令人心痛的畫面啊！

當然，上述兩人生在不同年代，不同國家，根本不可能發生這樣的事，但藉由上述兩人寫作風格的對比，我們不難理解上帝用每一種人，用每一種人的筆，讓每個人用不同的筆去服事不同的人，去做不同的事工，去得著、造就不同的人，進而如同拼圖一般，不知不覺互相效力地完成了祂所要成就的工。

文人之間為什麼會相輕？為什麼會流露出自傲？為什麼會產生嫉妒？進而產生出許多偏激的彼此相輕言論？只有一個原因，那就是把自己放在上帝前面，只有一個事奉者將自己給放在上帝前面時，才會拿自己去跟其他事奉者比較，才會在其他事奉者面前流露出驕傲或嫉妒，才會開始去論斷別的事奉者。

文人，自然是指文才較好、論述能力較強的一群人，但若沒有保守自己的心，就容易讓自己的論述流於偏激，而且會很容易「用聖經上的話來包裝『老我』」，斷章取義地硬用聖經的某幾句話，來為自己批評別人的偏激言論做合理化的解釋、自辯。這是身為文人的您我很容易犯的錯。

這幾年我學習一個功課，我覺得很值得與大家分享：即便您發現別的作者所寫的東西有與聖經真理相悖之處，在您準備提筆去批評他（她）的作品之餘，**一定要回過頭來問問自己：我是為他**

（她）禱告的時間比較多？還是批評他（她）的時間比較多？我不是說完全不可以對別人所寫出來的東西加以評論，更不是要大家對不以為然的文字禁口、緘默，但更重要的是為其禱告！倘若您碰到了一位寫作內容或路線令您頗不以為然的作者，而您論斷他（她）的時間比為他（她）禱告的時間還多，那麼這樣的批評模式也肯定不是出於神。

文字事奉者當把上帝擺在第一位，並盡力去愛、去欣賞別的作者，形成一種文人相「敬」的風氣，才是應有的事奉心態。

「千篇一律」vs.文人相「敬」

11.
part

他，戴著呼吸器在寫作

寫作教學

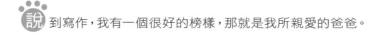說到寫作，我有一個很好的榜樣，那就是我所親愛的爸爸。

主要並不是因為他的文筆有多麼好，而是他在病中堅持寫作的那種驚人的生命力與服事動力。

我所親愛的爸爸是一位牧師與資深文字工作者，也是一位慢性肺阻塞疾病患者，什麼是「慢性肺阻塞疾病」（Chronic Obstructive Pulmonary Disease，簡稱COPD）呢？會有哪些狀況？現在請您跟我一起用「想像」的方式來了解家父的寫作情境：

· 你的脖子不能轉動，因為裡頭插了一根管子。
· 你喉頭會不斷地有痰跑出來，需要不時靠機器抽痰（非常不好受）。
· 你平時必需靠呼吸器與氧氣來維持正常呼吸。

他，戴著呼吸器在寫作

．因著上述狀況，你大部分的時候是躺在床上的（沒有辦法去踏青、游泳），且體力極為有限。

聽起來似乎很痛苦！這是許多「慢性肺阻塞疾病」（COPD）病人的寫照，包括家父在內。您能想像上述四種狀況真實的發生在您的身上嗎？

現在，假設你不幸地具備上述四種狀況，再讓我們來「嚴格要求」你兩件事：

一、你必須常保一顆喜樂的心，並反過來去鼓勵、關心那些來病床前探訪你的訪客。

二、你必須每兩週寫一篇激勵人心的文章。

可能已有人要說:「天啊!這太難了!」的確,這太不容易了,但這就是我父親這幾年來的寫照。上述的六點(前四點狀況與後兩點要求)他全俱備、做到了!他在病中戴著呼吸器所寫給教會會友的文章,被集結成一本書《老牧人與你談心》,委託我這個做兒子的交由橄欖出版社出版。

父親從二十多歲開始,就一路歷經肺病、肝病、癌症、COPD。學醫療出身,我常有機會看到、聽到一些同樣是身體病症較嚴重的病人、個案,但真的很少人在病痛中能像父親施達雄牧師這樣的喜樂,這樣的堅持文字服事。

偶爾,在爸爸離開床鋪時,我會刻意躺到他的床上去想像一下他這幾年來的生活,躺在他的床上想像一下那種脖子裡頭插了一根管子,必須時常抽痰,必須靠呼吸器的日子……,想一想這些,再想想爸爸平日的詼諧、笑容與信心,真的覺得他很不容易!

當然，這絕對是因為他有信仰的原故，他也曾有過心情低潮期（誠如他自己在《老牧人與你談心》中所自述之走過低潮的心路歷程），但因著信仰卻能有著極大的轉變，實在讓常處在他身旁的人們同樣受到激勵，我想，「讓人在百般試鍊中有大喜樂」也是信仰最可貴的地方。

爸爸並不是一個「暢銷書作家」，若以「暢銷量」而言，我寫的書的銷量早已遠遠超過爸爸的書的十倍以上，然而，我敢說，他所贏得的「天上的掌聲」卻絕對比我多上十倍有餘！

他是一個必須戴著呼吸器才能維持生命的人，如果一般人是用筆在寫作，那麼，他可以說是用呼吸在寫作。這樣的生命力讓我驚豔，為我立下了良好的榜樣，是值得我一輩子學習的態度。

他，戴著呼吸器在寫作

ㄅㄨㄟ英字

12.
part

神啊！
請再多給我一點靈感？

寫作教學

作家需要靈感來寫作，作曲家需要靈感才能寫曲子，美編也需要靈感才能繪圖，許多作家、音樂家、美編，甚至是需寫講章的牧師，往往最害怕兩個字——「枯竭」。

可不是嗎？創作者都怕靈感沒了，怕創作不出作品了，那種心中的焦慮恐怕不是非當事者所能理解的。

我不知道您會怎麼看「靈感沒了」這回事，許多人認為這是壞事，甚至極少數的教會人士會偏頗、武斷地將其解讀為「必然是創作者與上帝疏遠」所導致的。

其實，「靈感沒了」絕對是一種訊息，一種來自上帝的訊息，但絕對不能武斷地與「得罪上帝」畫上等號。現在的我是這樣看待「靈感沒了」這回事：

神啊！請再多給我一點靈感？

一、靈感沒了，可能是上帝在跟您說：「該先歇一歇筆囉。」

我常有時會忽然文思泉湧，但有時我也會寫作到一段時間後就忽然沒有靈感，也沒有題材。這時，經過禱告、沉澱以後，我常會發現是上帝給我的一種提醒，上帝希望我先去處理一些手邊該做而未做的事情。

在《聖經》中，上帝從未要祂的先知們「定期發表預言」，都是先告訴先知後，再由先知去告訴以色列人。同樣的道理，「為主寫作」的人並不一定都會定時定期地有來自上帝的寫作靈感，上帝有可能要對我們說：

「我的確是有靈感要賜下給你（妳），但並不是在這兩天。」

「我希望你（妳）這陣子先忙另一些的事。」

甚至有可能是上帝在提醒您我說：

「先休息一下吧！別把身體累壞了。」

「先歇歇吧！別把眼睛給看壞了。」

當然，上帝也有可能會定時定期（如：每週、每月，甚至是每日）地給為主寫作的人靈感，但，這端看上帝對每位創作者的旨意，這樣的時間間隔絕對不是「必然」的！這是我為什麼說不能太偏頗地將創作者的「靈感沒了」給做過多負面的屬靈詮釋的原因。

二、靈感沒了，可能是上帝在跟您說：「嘿！該來找我說說話囉。」

當然，當一個創作者的靈感枯竭，產量大減時，也有可能是上帝在對您說：「嘿！你（妳）是不是該來找我說說話啦。」一個為主創作的人，若與上帝的關係不夠親近，自然不可能生出好的作品來。

提到「靈感」與「為主寫作」，我覺得有一段經文可以形容得很貼切：「他要像一棵樹栽在溪水旁，按時候結果子。」（詩1:3）各位親愛為主創作的夥伴們，當我們寫不出東西時，我們不妨思考一下：

您我還有沒有在那「溪水旁」？還是已離了溪水旁到了旱地而不自知？

您我有沒有與上帝親近？夠不夠與上帝親近？

一顆樹如果水分不夠，自然結不出果子來，即便結出了果子，恐怕也不是太好吃。如果您我期待為主創作，則務必多找上帝說說話，多聽聽祂的聲音。

寫作教學

創作者會視「枯竭」為一種夢魘，許多作家、
音樂家、美編最擔心的就是「靈感沒了」。身為
上帝的兒女，我們當然可以跟上帝求靈感，甚
至是大力地、用力地、放膽地跟上帝要創作的
靈感！然而，當我們準備祈求「神啊！請再多
給我一點靈感」時，不妨也多加兩句「神啊！
請幫助我更了解祢的旨意。」「神啊！請幫助我
能夠更親近祢。」

這樣的祈求，才是均衡、健全、
治本的創作心態。

神啊！請再多給我一點靈感？

13.
part

寫作其實很「熱鬧」

許多人在知道我有寫書後，都會問我：「寫作會不會很寂寞？」我並不這麼認為，其實，寫作是很「熱鬧」的，或者該說是熱絡的。說真的，其實寫作需要接觸到的人還真不少，投稿時必須和編輯溝通，出書時必須與出版社溝通。至目前為止，我總共寫了十一本書（跟許多前輩們相比其實並不算多），分別給三家出版社出版，除了一家是專出醫療教科書的出版社外，其餘兩家一家是典型的主內出版社，另一家亦是由主內弟兄姊妹新創辦的出版社。

無論是跟哪一家出版社同工，我都很重視和編輯同工們的關係，因為文字事工是一種服事，任何一種服事，除了要有愛主的前題之外，亦要有愛人、愛同工的心。

作者、編者、代理商的「團契」關係

當然，在投稿、出書的過程中，我也有與編輯們意見不同的時候，但我覺得這正是最「可貴」的地方，因為我們即便意見不同、看法不一，但在主裡我們依然彼此相愛，這才是最可貴的。畢竟真正的「合一」不是「自我中心」地要求別人效忠自己，或要求別人非得跟自己持一樣的意見；真正的「合一」，是即便一時之間意見不同、理念不同，但在主裡仍懂得彼此尊重、彼此相愛，這才是成熟、健康的態度。當人們彼此尋求合一，**並單純地為著事奉主、榮耀主的單一目的而共同努力時**，那種作者、編者、代理商之間猶如「團契」的感覺與喜樂，不是純世俗考量的商業出版所能及的。

是以到後來，我生命中的許多大日子，總少不了她們的身影或祝福。是我相當珍惜的關係。

在上帝的眼中，「和睦」絕對是所有服事的重要前題，《聖經》上說：「所以，你在祭壇上獻禮物的時候，若想起弟兄向你懷怨，就把禮物留在壇前，先去同弟兄和好，然後來獻禮物。」（太5:23-24）當我們準備將自己文字事奉的成果獻給主時，心中對其他弟兄姊妹是否還有苦毒？先去同他和好吧！**我們當然不需要一昧無立場地只顧討旁人喜悅，但仍可盡力追求和睦，對方接不接受是另一回事，懷有一顆追求和睦的心，就足使我們的事奉討神喜悅了。**

文字事奉除了自己的努力與擺上外，同工之間的彼此相愛亦很重要，這樣的文字事奉才討神喜悅。

把基督徒讀者看成「同工」，而不是只看成「客戶」

文字事工其中一個很重要的目的就是傳福音。很多人會將購書的基督徒讀者給看成「客戶」，這其實並沒有不對，**但去買書的基督徒讀者對作者、編者、代理商、書房業者而言，除了是客戶之外，更應是「同工」**，是幫助我們把書給帶給他（她）生活中非基督徒朋友的同工。如果一個基督徒讀者買了某本書以後，能將書借給身旁的非基督徒朋友看，那麼這本書所能發揮出的意義就更大了。

舉例而言，我個人寫作除了希望能造就教會中的基督徒朋友外，我將我的許多書給定位成「鬆土文學」，意即希望它們能吸引非基督徒更願意接受基督信仰，是以我非常希望我的書能讓更多非基督徒看到，這也是我文字事奉的重要異象之一。

這些年來，上帝顯然感動了許多我的讀者，幫助我一起去實踐這個異象。這樣的例子我數也數不完，舉例來講，我曾經造訪某個國家，那是一個信仰自由相對較受到箝制的國家，但感謝主，該地的書房依然有賣我寫的書，當地曾有讀者感動地向我分享：某日她在長途火車上正在讀我的書，後來旁邊的一個乘客瞄到了書裡的內容，覺得很感興趣，便與那位看我書的讀者聊了起來！那位讀者抓緊機會，藉著他對我文章的共鳴，以那本書為切入點，談了更多的基督信仰內容。結果真感謝主，她表示，下火車前，鄰座的三位非基督徒乘客竟全部願意跟她做決志禱告！感謝主！這不正是我寫書背後所期待的事嗎？這樣的讀者其實很多，再再讓我在文字事奉的路上多了許多驚喜與感動。

您說這樣的讀者是「客戶」嗎？理論上當然是，但我實在覺得他（她）們更像我的「同工」！

寫作其實很「熱鬧」

是以我常會發代禱信給我的讀者們，告訴他們我的異象，或邀請讀者們為我一起代禱。這樣的感覺真的很美！

寫作，是彼此服事、合一的過程。很多人會用「孤單」、「寂寞」等詞語來形容文字事奉的性質，但其實不然，當讀者、作者、編者、代理商彼此間有良好的互動性時，那種猶如「團契」的關係，以及如「肢體」般的彼此分工模式，是相當溫暖、激勵人的。

寫作其實很「熱鬧」

14.
part

結語：
寫作，是一種敬拜！

我 不知道大家會如何看待「寫作」這件事？

如果你問高中時期的施以諾，他會說：「寫作是既無用又無趣的。」

如果你問五年前的施以諾，他會告訴你：「寫作，是一種服事。」

但如果你問現在的我，那麼我會回答你：「寫作，是一種敬拜。」

我之所以形容「寫作是一種敬拜」，並不是指「儀式上」而言，乃是就「心態上」而論。 如果我們能夠用敬拜的心態來寫作，我想不論是寫什麼，不論是寫給多少人看，那種感覺都會是很美好的！用敬拜的心來寫作，是一種從「心」得力的寫作態度，會讓一個人的文字事奉愈來愈有力！

找尋「寫作」與「敬拜」的關係

很多人可能會覺得「寫作」與「敬拜」是完全搭不起來的兩件事，的確，一般人往往可以把「音樂」跟「敬拜」聯想在一起，也可以把「演說」跟「敬拜」聯想在一起，甚至可以把「舞蹈」跟「敬拜」給聯想在一起，但會把「寫作」跟「敬拜」給聯想在一起的人似乎是少之又少。

首先，我們先來看「敬拜」（worship）二字怎解？前台灣浸信會神學院董事長施達雄博士曾在他的著作《朝見上帝－崇拜的再思》中剖析 "worship" 這個詞，其字根乃是由 "worth"（值得、價值）所衍生而來的，是以我們說對某對象的敬拜，**就是對其所具有的價值給予應有的頌揚與回應**。施達雄牧師也引用了莫理士·福特 (Morris Ford) 的話：**敬拜是人對上帝啟示的反應，而發生對上帝的回應**。是以每當我們把所得著的亮光，或所經歷的點點滴滴化

為文字時，我們就已經符合敬拜的本質了！

我之所以形容「寫作，是一種敬拜」，便是著眼於上述的眾觀點，我們可以用文字的方式來對上帝予以應有的頌揚與回應。**寫作也許沒有一般所謂敬拜的「外在形式」，但我們絕對可以用一顆敬拜的心來為主寫作。**

寫作能被算是一種敬拜嗎？當然是！而且也必須是！近代有神學家提出「生活即是一種敬拜」的激勵語，若是我們可以將日常生活中的各種書寫活動用敬拜的心情來從事之，必然會有許多意想不到的驚喜與感動。

二十一世紀基督徒的寫作文化：

很顯然地，相對於早期信徒，二十一世紀基督徒的寫作文化有很大的轉變，現在人寫作，不但早已不再有人寫在石板或羊皮卷上，就是直接用筆寫在稿紙上的人也已大幅減少。

在幾十年前，若要用文字來影響旁人，就非得有機會在平面媒體上發表文章，或者是出書才可以，是以當時能用寫作來事奉主的人只是少數。然而，拜科技日新月異之賜，人類的「寫作舞台」大增！現在每個人都可以有機會以文字的方式來高談闊論一番，基督徒們自然也不例外，甚至許多基督徒早已在不知不覺中成為了一位「用寫作為主發光」的人，包括牧長、平信徒，甚至是初信者，眾人所累積起來的加乘效應，我相信對社會有著可觀的正向影響。

我們可以將這些「用寫作為主發光」的動作給分成幾類：

☆用「部落格」（Blog）來為主發光：

許多現代人都有寫「部落格」的習慣。是以許多教會都會申請自己的部落格，定期登載其牧者的文章；而很多年輕的弟兄姊妹亦會有屬於自己的私人部落格，除了會在自己的部落格中轉載一些好文章外，寫下自己原創文章的基督徒亦大有人在，包括自己的靈修心得、生活見證等。

甚至許多部落格都有訂閱、轉載的功能，因著網路的無遠弗屆，一篇部落格上的好文章所可能發揮的正面效應是難以估算的。

☆用「投稿」來為主發光：

許多主內弟兄姊妹喜歡投稿，將自己的心得、見證投稿到平面媒體上，用來幫助其他的讀者。在二十一世紀，除了平面媒體之外，電子報亦成為一種有影響力的工具，舉例而言，Yahoo與PC-home等均有免費的電子報平台，任何人都可以創報，據統計，在Yahoo電子報平台上以「基督」為關鍵字能搜尋到的電子報就超過五十筆，這還不包括其他關鍵字，或其他報名較為隱性的基督徒電子報。

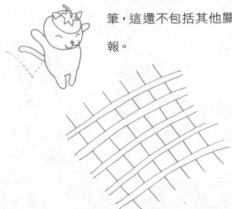

☆用寫「靈修日記」來為主發光

寫靈修日記，記錄下感動自己的章節或靈感，看似是一件與旁人無關的私事，但當這樣的動作更新了自己的靈命，進而影響一個人的行為、心情時，其身旁的人都可以沾染到益處。

結語：寫作，是一種敬拜！

☆用寫「卡片」來為主發光

誰説「文字事工」只限於為大眾撰文呢？以文字來關懷某特定人也是一種廣義的文字事工。以我個人而言，我好喜歡留下別人所寫給我的卡片！特別是那種用心問候、鼓勵、安慰的卡片，一張卡片，一封關心的信，都可能對收信者有莫大的幫助！當然，在這個E化的時代，電子賀卡與電子郵件也有同樣的妙用。

上述這些都是「寫」的動作，在資訊爆炸的二十一世紀，上述這些都是許多現代人常做的事，二十一世紀基督徒所能從事的文字事奉可謂更多元，更便捷。

莫理士·福特（Morris Ford）說：「敬拜是人對上帝啟示的反應，而發生對上帝的回應。」上帝常在生活中給人啟示、亮光，並希望我們能藉著這些信仰的力量去影響這個世代，是以每當我們把所得著的亮光，或所經歷的點點滴滴化為文字時，我們就已經符合敬拜的本質了！

我實在不敢認為自己是一個敬虔的作者，因為這是需要一輩子學習的功課，但隨著上帝的親手調整，寫了超過十本書的自己，在寫作的心態上確是比初出第一本書時的自己相對而言來得敬虔、謙卑不少，當然，這樣的轉變是因為上帝的調整。而這樣心態上的轉變，也帶給了我自己無比的甘甜與震撼。

「寫作，是一種敬拜」是我寫到後來所深深領受的感動，如果您也有這樣的感動，不妨嘗試一塊兒提起筆來「敬拜」吧！

15.
part

作者的 悄悄話

知聽到「寫作」或「文字事奉」，您會聯想到什麼形容詞？

可能有人會形容它是偉大的，困難的，

也可能有人會覺得它是枯燥的，

甚至可能有人馬上會聯想到辛苦、貧窮、悲情等等形容詞。

但上帝絕不是個會虧待人的上帝，

在我個人的經驗中，

寫作，是充滿「驚喜」的，是很「美」的，是「祝福滿滿」的！

其實「文字事奉」人人都可以做，

大至寫書，投稿報章雜誌，

小至寫部落格（Blog），寫卡片關懷別人等等，

只要您是為榮神益人而寫，您所做的就是不折不扣的「文字事

奉」，在上帝眼中都是很有價值的。

寫作，該是喜樂、正向、健康的代名詞。

歡迎您親身經驗寫作的美與**驚豔**！

主流出版

所謂主流，是主流，是主的潮流，更是主愛湧流。

主流出版 旨在從事鬆土工作 ——

希冀福音的種子撒在好土上，
讓主流出版的叢書成為福音與讀者之間的橋樑；
希冀每一本精心編輯的書籍能豐富更多人的身心靈，
因而吸引更多人認識上帝的愛。

徵稿啟事

主流歡迎你投稿，勵志、身心靈保健、基督教入門、婚姻家庭、
靈性生活、基督教文藝、基督教倫理與當代議題等題材，尤其歡迎！
來稿請e-mail至lord.way@msa.hinet.net，
或郵寄至 231台北縣新店市中正路43號2樓，主流出版有限公司編輯部。
審稿期約一個月左右，不合則退。錄用者我們將另行通知。

團購服務

學校、機關、團體大量採購，享有專屬優惠。
購書五百元以上免郵資。
訂購專線：(02) 2910-8729　傳真：(02) 2910-2601
劃撥帳戶：主流出版有限公司　劃撥帳號：50027271

部落格：http://mypaper.pchome.com.tw/news/lordway/

touch系列2

寫作驚豔

作　　　者：施以諾
編　　　輯：雲郁娟
設計、插畫：張凌綺

發　行　人：鄭超睿
出 版 發 行：主流出版有限公司 Lordway Publishing Co. Ltd.
　　　　　　地址：台北縣新店市中正路43號2樓
　　　　　　2F, NO.43, JHONGJHENG RD., SINDIAN CITY,
　　　　　　TAIPEI COUNTY 231, TAIWAN
電　　　話：(02) 2910-8729
傳　　　真：(02) 2910-2601
電 子 信 箱：lord.way@msa.hinet.net
郵 撥 帳 號：50027271
網　　　址：http://mypaper.pchome.com.tw/news/lordway/

經　　　銷：
紅螞蟻圖書有限公司
台北市內湖區舊宗路二段121巷28號4樓
電話：(02) 2795-3656　傳真：(02) 2795-4100

以琳發展有限公司
地址：香港北角屈臣道2-8號海景大廈C座5樓
電話：(852) 2838-6652　傳真：(852) 2838-7970

以馬內利圖書 E-mail Christian Supplies, Inc.
地址：145 Brea Canyon Road, #A Walnut, CA 91789, U.S.A.
電話：909-468-1873　　傳真：909-468-1872

2008年2月 初版1刷　　　　　著作權所有 翻印必究
2008年3月 初版2刷
書號L0802
ISBN: 978-986-83433-4-4（平裝）

Printed in Taiwan

國家圖書館出版品預行編目資料

寫作驚豔 / 施以諾著. –
　　初版. – 臺北縣新店市：主流, 2008. 2
　　面；　公分. -- (touch系列；2)

　　ISBN 978-986-83433-4-4 (平裝)

855　　　　　　　　　　　　　97002622